Hymnes

Trad. par le Bon G. Du Mesnil

HYMNES.

DIJON, IMPRIMERIE DE J.-E. RABUTOT.

HYMNES

TRADUITES PAR LE

Bon Eugène du Mesnil.

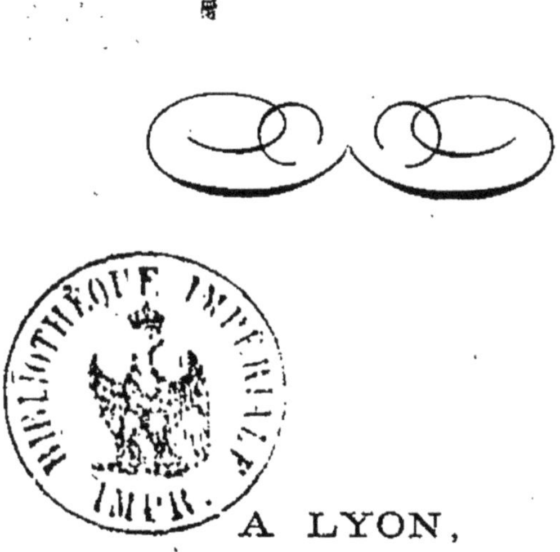

A LYON,

CHEZ PÉRISSE FRÈRES, LIBRAIRES.

1861.

Vue prophétique du Christ.

(ISAÏE, chap. XLII, vers. 1, 2, 3, 4 ; — chap. LII, vers. 13, 14, 15,
— chap. LIII.)

Voici mon serviteur dont je prends la défense,
Voici mon ange et mon élu ;
Mon esprit le revêt de sa toute-puissance,
Des peuples il est le salut.

Il ne fait point de bruit, et jamais dans la rue
Sa voix n'arrête les passants ;
Il est pour tous le même, il admet à sa vue
Les riches et les pauvres gens.

Le faible peut le voir soutenant plein de grâce
Le roseau prêt à se briser,
Et pour le repentir ravivant sans menace
Le feu qui veut encore fumer.

Dans la balance juste il vient peser la terre,
Séparant les bons des méchants ;
Il n'est point triste : il parle, et sa voix se modère ;
Il juge, et l'univers l'attend.

Mon serviteur sera rempli d'intelligence ;
Plein de grandeur, il est porté
Au sommet le plus haut de gloire et de puissance,
Et de grâce et de majesté.

De même que Sion ne montre que ruine
Aux yeux des pauvres pèlerins,
En lui rien d'imposant, nul aspect qui domine,
Et rien d'un maître souverain.

Sa forme est méprisable : ainsi l'homme superbe
Ne le suit point de son regard;
Mais les peuples nombreux, se pressant comme l'herbe,
S'unissent sous ses étendards.

Les rois s'approcheront de lui dans le silence;
Et les étrangers le verront,
Ceux qui n'avaient de lui nul espoir ni science
De leurs yeux le contempleront.

Où trouver l'homme heureux qui croit à sa parole,
A qui Dieu révèle son bras,
Et qui veut adorer cette main qui console
Les mortels voués au trépas?

Tel un faible arbrisseau sur une terre aride,
Ainsi l'a voulu le Seigneur,
Sans beauté, sans éclat, sous la chaleur torride,
S'élève privé de verdeur.

Ainsi nous l'avons vu : rien de ce port auguste
    Qui pouvait séduire et charmer;
Nous avons méconnu la présence du juste
    Qui venait pour nous délivrer.

Et même il paraissait dans une humble détresse,
    Le dernier des mortels vivants,
Un homme de douleur que le malheur abaisse
    Et qu'on insulte en lui parlant.

Son corps faible, amaigri, nous dérobait sa gloire;
    Son visage semblait caché :
Il est triomphateur sur un char de victoire,
    Et nos cœurs n'en sont point touchés.

Il a pris nos langueurs en s'en chargeant lui-même,
    Apparaissant comme un lépreux,
Et nous avons osé contre lui le blasphème,
    Contre l'homme frappé de Dieu.

Il était cependant transpercé pour nos crimes,
    Il portait nos iniquités;
Il se brisait pour nous, pour nous fermer l'abîme
    Qu'avaient mérité nos péchés.

Si nos maux sont guéris, c'est par ses meurtrissures.
    Sans lui nous étions égarés,
Chacun suivait sa voie, ami de l'imposture :
    Sur lui le Seigneur s'est vengé.

Il s'offre en sacrifice, il l'a voulu lui-même,
    Et pour se plaindre il est muet ;
Muet comme l'agneau subissant l'anathème,
    Au sort cruel il se soumet.

Mon serviteur est mort au milieu des souffrances,
    Et par des juges condamné :
De son sang rien n'est plus, il tombe en deshérence,
    A la terre il est enlevé.

De mon peuple il avait osé lui seul porter les crimes,
    Il subira son jugement ;
Mais pour lui j'ai livré l'impie au noir abîme,
    Je donne le riche en paiement,

Parce que la malice, à lui seul étrangère,
    L'a laissé pur d'iniquité,
Et parce qu'au menteur sa parole sincère
    A toujours dit la vérité.

Le Seigneur a voulu frapper son humble vie
    Et briser son infirmité,
Et si pour le péché son cœur se sacrifie,
    Il verra sa postérité.

Il verra du Seigneur la volonté très sainte
    Sous sa conduite triompher ;
Ses yeux verront les fruits qui dans sa vie éteinte
    Et dans son sang ont su germer.

Mon serviteur est juste, et sa grâce elle-même
    Justifiera les nations ;
Il portera sur lui le poids de l'anathème
    Et de la malédiction ;

Pour ses rudes travaux, je lui donne en partage
    Un essaim de peuples nombreux ;
Sa main distribuera les dépouilles des sages,
    Les armes brillantes des preux.

C'est parce qu'à la mort voulant livrer son âme,
    Mis au nombre des scélérats,
Tout chargé du péché, de sa souillure infâme,
    Il priait pour le peuple ingrat.

Veni sancte Spiritus.

(Le roi ROBERT. — X⁰ siècle.)

Esprit saint, venez dans nos âmes,
Entourez-nous de vos rayons,
Et consumez-nous dans vos flammes,
    Nous vous prions.

Venez enrichir nos misères
Et secourir les affligés,
Venez nous donner vos lumières,
    Esprit, venez.

Vous habitez dans nos pensées,
Vous êtes le consolateur,
Vous nous donnez la route aisée
    Du vrai bonheur.

Le travail n'est plus si sévère
Sous les traits embrasés du jour,
La douleur devient moins amère
    Dans votre amour.

O feu sacré, grâce bénie,
Rendez-vous maître de nos cœurs,
Donnez à nos âmes la vie
    Par vos ardeurs.

Si vous refusez votre grâce
L'homme ne peut être innocent ;
Le mal sourit à notre race,
    Même à l'enfant.

Lavez ce qui paraît sordide
Et ces ulcères pleins d'horreur,
Et comblez notre terre aride
    De vos faveurs.

Vous seul vous couronnez nos têtes
Des fleurons de la liberté,
A vos sept dons, grâce parfaite
    Et majesté.

Que l'amour divin nous transporte
Et sème l'honneur sur nos pas,
Et du ciel qu'il ouvre les portes
    A nos combats.

Magnificat.

(Saint Luc.)

Je rends à Dieu gloire éternelle,
A Dieu mon unique sauveur;
Mon âme s'élève immortelle
Dans le sein même du Seigneur.

Il veut agréer mon servage,
Il accepte ma pauvreté,
Et tous les peuples, d'âge en âge,
Rediront ma félicité.

C'est par moi qu'il change la terre,
Ainsi le veut le Tout-Puissant;
Son saint nom donne la lumière
Qui doit jaillir de l'Orient.

Il protége ceux qui le craignent,
De race en race il les maintient;
Le Seigneur entre dans son règne,
Et le superbe n'est plus rien.

Des grands il détruit la puissance,
Il donne à l'humble les grandeurs ;
Le riche a vu la défaillance,
Le pauvre est comblé de faveurs.

Pour Israël il est un père :
Il porte l'enfant dans son sein,
Et de sa grâce le mystère
Achève l'œuvre de sa main.

Abraham reçut sa promesse :
Il promit à son serviteur
D'envoyer un jour d'allégresse,
De donner au peuple un sauveur.

Stabat Mater.

(Jacopo BENEDETTI. — XIII siécle.)

Aux pieds de cette croix sanglante
Qui portait son fils adoré,
La Vierge se tenait mourante,
Elle embrassait ses pieds sacrés.

Un glaive de douleur cruelle
Venait de transpercer son cœur ;
En proie à l'angoisse mortelle,
Elle était tremblante d'horreur.

O douleur sainte, d'une mère
Présente à la mort de son fils !
Quelles larmes de sang tombèrent
Sur ce sein qui l'avait nourri.

Elle souffrait la soif amère,
Les convulsions du mourant ;
Ses chastes entrailles de mère
Se déchiraient à ses tourments.

En voyant ce supplice horrible,
Qui pourrait retenir ses pleurs?
Qui pourrait rester insensible
Devant ces immenses douleurs?

C'est pour les péchés de sa race
Qu'elle a vu mourir son enfant;
Elle a vu les sanglantes traces
Des fouets qui déchiraient ses flancs.

Ses yeux ont vu ce fils si tendre
Exhaler son dernier soupir,
Sur la croix son corps se détendre,
Et de son sein le sang jaillir.

O mère de l'amour de flamme,
Donne-moi tes célestes pleurs;
Que ta douleur perce mon âme
Et qu'elle déchire mon cœur!

Que, brûlant d'une ardeur sacrée,
En adorant ce Christ mon Dieu,
Mon âme, à lui plaire occupée,
Se consume à ces tendres feux.

Viens me donner, ô sainte mère!
Ton fils Jésus crucifié;
Imprime en moi la trace amère
De ces clous qui l'ont transpercé.

Mère, fais que mon cœur partage
La blessure de son côté,
Que j'apprenne à souffrir l'outrage
Et tous ces maux qu'il a portés;

Et que tous les jours de ma vie,
Me repentant de mes péchés,
Je reçoive, ô vierge Marie!
Le sang qu'il a pour moi versé.

Avec toi fais que je demeure
A cette croix toujours fixé,
Et que sur moi-même je pleure,
A ta souffrance associé.

O Vierge, des vierges la reine,
Ne refuse pas mon pardon,
Au nom de tes affreuses peines,
Des peines de sa passion!

Que par la componction sainte
Des douleurs mortelles d'un Dieu,
De ses douleurs mon âme atteinte,
Dans la croix renferme ses vœux.

Que me blessant à ses blessures
Je m'afflige avec l'affligé;
Que dans sa plaie, ô Vierge pure!
Mon cœur d'amour soit enivré.

Qu'au jour du jugement terrible,
Défendu par ton bon secours,
J'échappe à ces flammes horribles
Qui dans l'enfer brûlent toujours.

Qu'alors la croix soit mon asile ;
Devant moi, comme un bouclier,
De Jésus la grâce facile
Me conduira jusqu'à ses pieds.

Quand mon corps prêt à se dissoudre
Aura cessé de respirer,
Fais que l'âme d'un corps de poudre
Au ciel vers toi puisse voler.

Noël.

(Saint Luc.)

Dans le ciel ont paru les anges,
C'était l'aurore dans la nuit.
Ils chantaient de Dieu les louanges;
Au son des harpes ils ont dit :

Honneur à Dieu, gloire et puissance
Jusqu'au plus haut sommet des cieux;
Sur terre il donne l'espérance,
La douce paix aux cœurs pieux.

Parmi vous le roi vient descendre;
Bergers, laissez votre troupeau,
Tous les peuples doivent se rendre
Auprès de son humble berceau.

L'enfant placé dans une étable,
De pauvres langes entouré,
Vient ici, pour vous secourable,
Sécher les pleurs des affligés.

Grâce à la parole céleste,
Nous avons reconnu le roi;
Sa gloire est pour nous manifeste,
Et nous lui donnons notre foi.

Dans cette étable était sa mère :
Elle adorait l'enfant Jésus;
Nous avons vu Joseph son père,
Des rois de Juda descendu.

Il est né prince de la terre,
A régner il est destiné;
Le faible enfant voit la misère,
Pasteur des peuples il est né.

Rendons à Dieu gloire éternelle,
Et ne cessons dans nos travaux,
Bergers, de dire la nouvelle
De ce roi-sauveur au berceau.

O luce qui mortalibus.

(COFFIN. — XVIIIᵉ siècle.)

O vous, lumière inaccessible
Aux regards impurs des mortels,
Vous dont le trône invisible
Commande aux siècles éternels!

A votre nom tremble la terre,
Les anges ont étoilé leur front;
Grand Dieu, vos jugements sévères
Vont appeler les nations.

Pour nous, sur cette mer profonde
Où le soleil guide nos pas,
Nourris par votre main féconde
Qui nous présente nos repas,

Nous attendons poindre l'aurore,
Et, sur la fin de cette nuit,
Nous voulons voir les fleurs éclore
Aux feux du vrai soleil qui luit.

Bientôt libres de ces entraves,
Dont la mort vient nous affranchir,
Le poids du corps que l'âge aggrave
Ne pourra plus nous retenir.

Sur les ailes de l'espérance,
Emporté par tous ses désirs,
Au bonheur de votre présence
Le pur amour viendra s'unir.

Nous pourrons dire vos louanges.
Entendre des vierges le chœur;
Réunis au concert des anges
Nous rendrons gloire au Dieu sauveur.

Sa bonté vient tarir nos larmes,
Les maux ne sont qu'un souvenir;
De nos travaux passés le charme
Couronne à jamais l'avenir.

Toujours l'aimer c'est le partage,
C'est le droit du peuple des saints,
C'est son éternel héritage
Et c'est là le bonheur sans fin.

Trinité, créateur des êtres,
Qui les comblez de vos bienfaits,
Devant vous nous allons paraître
A la splendeur du jour parfait!

Le Combat.

(DAVID, psaume LV.)

Seigneur, ayez pitié !
L'homme frappe sans cesse
Sur moi dans ma détresse;
Il me foule à ses pieds.

Quel nombre d'ennemis
Contre moi vient ensemble?
Tout ce peuple s'assemble,
Je ne vois point d'amis.

Et seul j'ai combattu !
Mon Dieu, mon espérance,
Je suis en leur puissance :
L'enfer a prévalu.

C'est aujourd'hui leur jour :
S'il me remplit de crainte,
Dans la parole sainte
J'espérerai toujours.

Puis-je encore une fois
Redire vos louanges,
Et repousser la fange
De ce monde sans foi?

L'homme veut répéter
Ma parole en risée,
Dans le mal sa pensée
Voudrait se délecter.

Réunis et cachés,
Espionnant ma vie,
Ils seront par l'envie
Sur mes pas attachés.

Ils voudront me tuer;
Ils n'auront point de grâce,
Et devant votre face
Rien ne peut les sauver.

Ces peuples furieux
Verront votre colère,
Et votre coupe amère
S'épanchera sur eux.

Dieu, vous ai-je caché
Un repli de mon âme?
Votre fureur s'enflamme,
Mes pleurs vous ont touché.

En vain mes ennemis
Voudront prendre la fuite ;
Courez, fuyez très vite,
Le trait sur l'arc est mis.

Vous êtes donc mon Dieu
Au jour où je vous prie,
Et vous sauvez ma vie
A la gloire des cieux.

De vous j'avais reçu
La parole sacrée,
Mon âme est délivrée
De ces flots éperdus.

Je louerai de mon Dieu
La parole éternelle,
Et tout ce qui vient d'elle
Peut seul charmer mes yeux.

J'ai voulu mettre en lui
Toute mon espérance,
Et l'homme et sa puissance
Ne m'auront pas séduit.

Puis-je oublier mes vœux
Et la foi qui m'engage,
Quand j'échappe à l'orage,
Aux flots tumultueux ?

Non, je ne cesserai
De chanter vos louanges :
Voici le chœur des anges,
Et je le conduirai.

Ils disent : « Cette mort
« N'a pu troubler mon âme ;
« L'enfer couvert de flammes
« M'a reçu dans ses bords. »

Désormais devant Dieu,
A son amour fidèle,
Dans la joie éternelle
J'accomplirai mes vœux.

Les Captifs de Babylone.

(Psaume LXXIII.)

Nous n'avons plus d'espoir; Seigneur, dans un abîme
Nous sommes tous précipités;
Nous sommes destinés à servir de victime
Aux fureurs de l'impiété.

Nous étions les brebis de vos saints pâturages,
Nous avons vécu de vos dons;
Où sont les prés fleuris, les verdoyants ombrages,
Les ruisseaux sacrés des vallons.

Pourquoi de son troupeau laissé sans espérance,
Le pasteur veut-il s'éloigner?
Il rompt dans sa fureur le sceau de l'alliance
Et sa houlette de berger.

Le temple est attaqué par une brute infâme :
Elle renverse vos autels;
Dieu ! le temple périt sous la hache et la flamme,
Vous n'écoutez plus les mortels !

Des livres saints faut-il chercher l'intelligence ?
    L'homme ne peut les pénétrer ;
Le prophète est muet ; l'éternelle seience
    Ne veut plus vers nous s'abaisser.

Vous avez vu Babel dans ses complots funestes
    Maintenir ses sanglants succès,
Et son triomphe impie, et ses horribles gestes :
    Gloire est donnée à ses excès.

Le jour nous vient de vous, la nuit est votre ouvrage,
    Vous seul enflammez l'Orient ;
Pouvez-vous sans frémir, mon Dieu, voir ces ravages
    Et tous ces captifs gémissants ?

Ne livrez pas en proie à la brute affamée
    Les âmes de vos serviteurs ;
N'oubliez pas Sion, la ville bien-aimée,
    Ses pauvres sont à vous, Seigneur.

O mon Dieu, levez-vous pour juger votre cause,
    Et vous montrer à l'ennemi ;
L'orgueil de qui vous hait, toujours croît et s'impose
    Aux peuples à ses pieds soumis.

Vexilla regis prodeunt.

(FORTUNAT. — VIe siècle.)

La bannière du Roi s'avance,
Gloire au mystère de la Croix ;
C'est le combat de la souffrance
Qu'a soutenu le Roi des rois.

La lance ici fit sa blessure :
Le sang et l'eau sont écoulés,
Par eux il lava nos souillures,
En se chargeant de nos péchés.

Du prophète c'est la parole :
Il est sans éclat, sans beauté,
Il portera sur son épaule
Sa marque de principauté.

Arbre étincelant de lumière,
Du sang divin tout empourpré,
Sur toi s'élevait la prière
De ce Dieu pour nous transpercé.

Arbre divin, ton fruit de vie
Domine la terre et les cieux,
A l'enfer sa proie est ravie
Par ton triomphe glorieux.

Salut, ô croix notre espérance
Dans ce temps de la passion,
Fais nous adorer les souffrances,
Accorde aux pécheurs le pardon.

Grand Dieu, Trinité souveraine
Des esprits louée à jamais,
Donnez-nous l'amour qui nous mène
Au bonheur que la croix a fait.

Les Disciples d'Emmaüs.

(Saint Luc.)

Chantez la charité divine,
Vous le pouvez, archanges saints;
Dans ce pèlerin qui chemine,
Adorez le Roi souverain.

Ce vainqueur des enfers arrive
Traînant un immense butin,
De ce lac qui n'a pas de rive,
Il sauve les pâles humains.

Son sang a donné la victoire
Et sur l'enfer et sur la mort,
Il renverse les portes noires
Qui fermaient ces horribles bords.

C'est le prélude de son règne,
Sur terre il vient nous conquérir;
Il ne faut plus que l'homme craigne
Le souverain qu'il doit servir.

La douceur de la grâce même
Jusqu'à son trône nous conduit,
Fleuron sacré d'un diadème
Qui ne sera jamais qu'à lui.

C'était la troisième journée
De la passion de Jésus ;
Deux disciples, l'âme navrée,
Marchaient vers le bourg d'Emmaüs.

Jésus suit d'un pas plus rapide ;
Il dit à ces deux voyageurs :
Votre aspect n'a rien de placide,
Vous paraissez dans la douleur.

Ils ne purent le reconnaître ;
Cléophas, l'un, lui répondit :
Etranger, quel ciel vous vit naître,
Pour oublier ce jour maudit ?

Ce jour affreux où le Prophète
Par Pilate fut flagellé,
L'épine a couronné sa tête,
A mort il fut crucifié.

Nos sénateurs, princes et prêtres,
A le tuer tous résolus,
S'entr'aidaient d'un apôtre traître,
Par qui son sang était vendu.

Il nous restait cette espérance
Qu'il régnerait sur Israël,
Mais le troisième jour s'avance,
L'espoir n'est plus pour nous mortels.

Il est vrai, de pieuses femmes,
Ont vu le sépulcre avant jour;
La terreur a frappé leurs âmes,
Deux anges étaient à l'entour.

Le sépulcre ouvert était vide,
Ils le disaient ressuscité;
Mais vers son corps rien ne nous guide,
Et Jésus ne s'est pas trouvé.

Cœurs légers et si longs à croire,
Ainsi leur dit le pèlerin,
Le Christ, pour entrer dans sa gloire,
Devait poursuivre ce chemin.

Souvenez-vous du sacrifice
Qu'Abraham fit au mont sacré;
Au même endroit, vers le supplice,
Le Christ à la mort est mené.

Moïse fit marquer vos portes
Par le sang versé de l'agneau :
Victime que la croix supporte,
Son sang a rougi ce poteau.

Isaïe a prédit sa vie :
Daniel annonce sa mort :
Toute justice est accomplie,
Des enfers il a vu les bords.

Le jour finit, la nuit s'approche,
Restez avec nous, pèlerin ;
Restez, notre demeure est proche,
Arrêtez-vous jusqu'à demain.

Les deux disciples sont à table,
Ils ont le Seigneur devant eux,
Mais comme un voile impénétrable
Jusqu'alors vient couvrir leurs yeux.

Le repas fait, voici la coupe,
Le sang et le pain consacrés :
« Disciples, avec vous je soupe,
« Vous me voyez ressuscité. »

Soudain disparaît à leur vue
Jésus leur seigneur adoré ;
La grâce aux mortels est venue,
Si les cœurs lui sont préparés.

Lauda Sion.

(Saint THOMAS. — XIIIe siècle.)

Sainte Sion, tenez-vous prête
Au grand jour du triomphateur;
Troupe innocente à cette fête
Chantez les hymnes du Seigneur.

Osez, dans ce bonheur suprême,
Unir vos harpes et vos chants,
C'est votre Dieu qui vient lui-même
Et qui vient bénir ses enfants.

Auprès de vous il est sans gloire,
Il apparaît le pain vivant;
A son éternelle mémoire
Consacrez vos faibles accents.

C'était la dernière soirée :
Ses disciples autour de lui,
Jésus à la table sacrée
Se donna dans ce jour béni.

Que nos chants s'élèvent aux nues,
Que le ciel répète nos cris ;
Que pourrait notre âme éperdue
Pour glorifier notre Christ ?

Nous fêtons le jour de l'année
Où ce pain fut pour nous sacré ;
Dans cette brillante journée
Le festin nous fut préparé.

Au premier passage de l'ange
Nous signons la croix de son sang ;
Pour nous encor l'agneau se mange,
Et par lui nous sommes vivants.

On a vu la laitue amère
S'unir à la chair de l'agneau;
L'amertume de ce mystère
Paraît de la crèche au tombeau.

L'ancienne pâque de nos âmes
Prédisait la félicité ;
Ainsi le feu n'a plus de flammes
Au soleil de la vérité.

Le grain de blé se multiplie,
Dans la terre il est enfoui ;
Pour nous il est le pain de vie,
Le ciel nous ouvre l'infini.

A nous ainsi tombe en partage
Ce pain, la force du salut;
Le sang marque notre héritage
Par le thau sacré des élus.

Gloire à la divine mémoire,
Au testament du roi mourant;
Les peuples sont venus pour boire
Et prendre la coupe de sang.

Ce pain, que n'ont pas eu les anges,
Pour l'homme immonde est un poison;
L'agneau tout égorgé se venge
Aux feux de la damnation.

Agneau sacré, force vivante,
Le seul appui des exilés,
Le seul confort dans la tourmente
Qui roule nos pas ébranlés,

Mon Dieu, ne soyez pas sévère
Pour des voyageurs fatigués;
Que ce redoutable mystère
Nous fasse adorer vos bontés.

Qu'il nous défende et nous conserve,
Et qu'il écrase l'ennemi;
Que l'enfant par lui se préserve
De ces péchés à nous remis.

Nulle autre force dans la vie
Ne nous arrache du danger ;
Le sang de l'alliance prie,
L'enfer ne peut nous submerger.

Gloire à la sagesse profonde
Qui touche les cœurs éprouvés,
Profondeur inconnue au monde,
Dont le monde n'ose approcher.

Fuyez, vous qui trouvez étrange
La force et la bonté de Dieu ;
Hâtez-vous d'adorer la fange
Et d'y semer vos tristes vœux.

Pour nous, si faibles dans l'orage
Et dans cette mortelle nuit,
Nous attendons cet héritage
Où le fils de Dieu nous conduit.

Gloire au Père, la source unique ;
Gloire au Fils, le juste incarné ;
Gloire à l'Esprit, flamme pudique :
Que notre cœur lui soit donné.

Pange Lingua.

(Saint THOMAS. — XIIIe siècle.)

Ange de Dieu, reprends ma lyre,
Donne tes célestes accords ;
Sur tes lèvres mon chant s'inspire
Et j'écoute ta harpe d'or.

Gloire à l'éternelle mémoire
Du corps, du sang mystérieux ;
Les enfers ont vu ta victoire,
Fruit divin d'un sein généreux.

Dieu vint, pour le salut du monde,
Payer des captifs la rançon ;
Par son sang versé le roi fonde
Son règne sur les nations.

Le roi, né d'une vierge pure,
Sur la terre nous fut donné ;
S'abaissant à notre nature,
Avec nous il a conversé.

Jésus dit, dans le jour suprême,
A ses disciples au festin :
Voici mon corps, mon sang lui-même ;
Il paraissait du pain, du vin.

Son sang devient notre breuvage,
Et sa chair même habite en nous ;
De la Trinité c'est l'image,
En un seul corps nous sommes tous.

Unité sainte, œuvre sublime
Qui rassemble tous les mortels,
Des cieux vous abaissez les cîmes
Pour les enfants de l'Eternel.

La nature, souillée, ingrate,
Se trempe dans le sang divin ;
La blancheur des robes éclate
Quand Dieu nous appelle au festin.

Adorez la Trinité sainte
En vous montrant toujours unis ;
Mortels...., n'approchez qu'avec crainte
Du mystère de l'infini.